Edición publicada por Parragon en 2012

Parragon Books Ltd
Chartist House
15-17 Trim Street
Bath, BA1 1HA, UK
www.parragon.com

Traducción: Míriam Torras para Equipo de Edición, S. L.
Redacción y maquetación: Equipo de Edición, S. L., Barcelona

ISBN 978-1-4454-9813-3

Impreso en China/Printed in China

La Cenicienta

Texto de
Kath Jewitt
Ilustraciones de
Dubravka Kolanovic

PaRragon

Bath • New York • Singapore • Hong Kong • Cologne • Delhi
Melbourne • Amsterdam • Johannesburg • Shenzhen

Había una vez una amable y dulce chica llamada Cenicienta. Su madre había muerto cuando ella era muy pequeña y su padre se había vuelto a casar.

Su nueva esposa y sus dos hijas, Anastasia y Griselda, eran malvadas y trataban a Cenicienta como a una sirvienta.

Una mañana llamaron a la puerta. Cenicienta abrió y se encontró a un elegante sirviente que le entregó un sobre dorado.

«Esta noche hay un baile en el palacio para celebrar el cumpleaños del Príncipe —anunció—. Todas las chicas del reino están invitadas».

Estás invitada al baile de cumpleaños del Príncipe.

«¡Esto no es para TI!», gritó Anastasia, arrebatándole la invitación.

«Pero el sirviente dijo que todas las chicas están invitadas», protestó el padre de Cenicienta.

«Por supuesto que puede ir –dijo la madrastra de Cenicienta con malicia–, pero cuando haya terminado todas sus obligaciones…».

Pero no importaba cuánto trabajara Cenicienta, porque su lista de tareas no paraba de crecer. Sus hermanastras y su madrastra ya se encargaban de ello.

«¡Plancha mi vestido!».

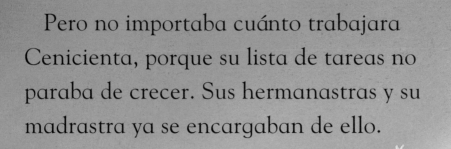

«¡Péiname!».

«¡Píntame las uñas!».

«¡Busca mi collar!».

«¡Oh, querida! —se burlaron las hermanastras
cuando llegó el carruaje para llevarlas al
palacio—. ¿Todavía no estás lista?». Y salieron
con aire digno y riendo con crueldad.

La pobre Cenicienta se sentó junto a la chimenea.

«¡Ojalá pudiera llevar un bonito vestido y conocer al Príncipe!», suspiró.

. De pronto, una brillante luz inundó la habitación y apareció un hada.

«Seca tus lágrimas, Cenicienta —dijo el hada—. ¡Soy tu hada madrina y tenemos muchas cosas que hacer!».

«Ve al huerto y tráeme la calabaza más grande que encuentres», le pidió su hada madrina.

¡CLING!

Con un movimiento de su varita, el hada madrina de Cenicienta transformó la calabaza en un precioso carruaje.

Después, el hada madrina buscó por el huerto
y reunió cuatro ratones blancos y una rata.

¡CLING!

Y aparecieron cuatro resplandecientes
caballos blancos y un elegante cochero.

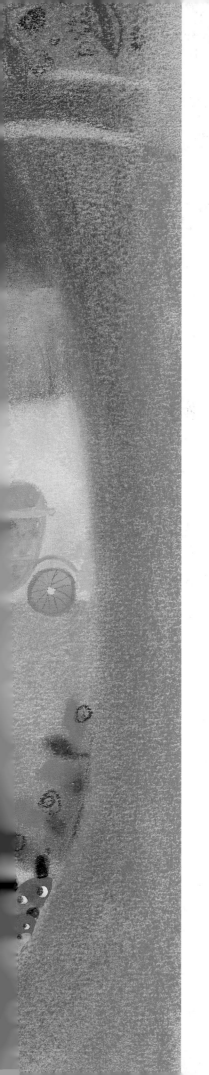

«Ahora te toca a ti», dijo el hada
madrina.

¡CLING!

Del sencillo vestido de Cenicienta
surgieron ondas de suave seda y en sus
pies aparecieron un par de zapatos de
cristal.

«Ahora recuerda –le dijo el hada
madrina–, mi magia durará poco
tiempo. A medianoche, con la última
campanada de las doce, todo esto que
tienes a tu alrededor desaparecerá».

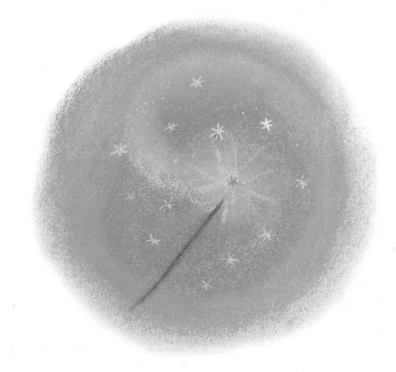

Cuando Cenicienta entró en el salón de baile, nadie podía dejar de mirarla. Ni tampoco el Príncipe, que se le acercó rápidamente y le preguntó si quería bailar.

Anastasia y Griselda los miraban malhumoradas desde un rincón.

De pronto, el reloj del palacio empezó a sonar ¡CLONG! ¡CLONG! y Cenicienta recordó el aviso de su hada madrina: ¡la magia estaba a punto de terminarse!

«¡Lo siento! —exclamó ella—. Debo irme…».

El Príncipe corrió tras ella, pero fue demasiado tarde. Todo lo que encontró de Cenicienta fue uno de sus zapatos de cristal.

El día siguiente, el Príncipe mandó buscar a la bonita doncella del baile.

«Todas las chicas del reino deben probarse el zapato», dijo el Príncipe.

Una joven tras otra trató de meter el pie en el zapatito, pero sin éxito. Finalmente, el Príncipe llegó a casa de Cenicienta.

Anastasia y Griselda insistieron mucho, pero no lograron meter sus enormes pies en el delicado y pequeño zapato.

«Deje que se lo pruebe Cenicienta», se atrevió a decir el padre.

El Príncipe deslizó el zapato en el pie de Cenicienta.

«¡Le va bien! –exclamó feliz–. ¡La encontré! ¿Quieres casarte conmigo?».

Cenicienta accedió inmediatamente.

«¡Pero si ella ni siquiera fue al baile!», gritó con furia la madrastra.

De repente, el hada madrina apareció y volvió a transformar la ropa de Cenicienta en el precioso vestido del baile. ¡Sin duda alguna Cenicienta era la indicada!

El Príncipe y Cenicienta se casaron y vivieron

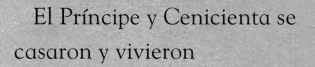

felices para siempre

en el palacio.

Mientras tanto, Anastasia y Griselda tenían que limpiar sus zapatos y planchar sus vestidos, ¡y eso las volvió más gruñonas que nunca!

Fin